Coordinación editorial: Paz Barroso
Diseño de cubierta: Gerardo Domínguez
Diseño de interiores: Silvia Pasteris
Maquetación: Macmillan Iberia, S. A.

© Del texto: Javier Fonseca García-Donas, 2011
De las Ilustraciones: Joaquín González
© Macmillan Iberia, S.A., 2011
c/ Capitán Haya, 1 - planta 14. Edificio Eurocentro
28020 Madrid (ESPAÑA). Teléfono: (+34) 91 524 94 20

www.macmillan-lij.es

ISBN: 978-84-7942-839-6
Impreso en China / *Printed in China*

GRUPO MACMILLAN: www.grupomacmillan.com

Este libro pertenece a:

....

....

Javier Fonseca García-Donas

EL CASO DEL DRAGÓN DE FUEGO ROJO

Ilustración de Joaquín González

Asesora pedagógica: Alicia Vieira Nunes

MACMILLAN
Infantil y Juvenil

CS-123 EL CASO DEL DRAGÓN DE FUEGO ROJO

¡Hola!

Bienvenido a nuestra quinta aventura.

Por si no me conoces todavía, me llamo Clara *MEDIASUELA*, pero puedes llamarme Clara Secret. Mi socio y yo hemos creado una agencia de detectives secretos: CS-123. CS es por Clara Secret, y 123, por **One Two Three** –yo le llamo Uan–, mi socio inglés: un peluche blanco con manchas de **color té con leche** en las patas, el hocico y las orejas, que se ha convertido en compañero de aventuras inmejorable.

Juntos hemos descubierto a ladrones misteriosos, **poetas anónimos,** objetos valiosísimos, estrellas de revistas y de la radio, y hemos intentado alegrar la vida de nuestros vecinos con perfumes y chucherías.

Cuando **Aunt Sonsoles** me regaló a Uan, pensé que se había equivocado. ¡Un perro de peluche! Como si con casi nueve años todavía jugase con muñecos. Pero pronto descubrí que no era un muñeco cualquiera. Después de apretarle noventa mil veces el botón que tiene en la barriga, cuando parecía que por fin se le iban a gastar las pilas, se puso a hablarme en un **inglés** un poco cursi.

Vivo con mis padres, Bruno y Pepa, en la calle de la Luna, n.º 25. No es una casa bonita. Ni siquiera tiene piscina o un parque cerca. A cambio, tenemos a Cosme, el portero, que no hace más que quejarse y decir que se quiere jubilar; y un montón de vecinos bastante gruñones que solo ven problemas por todas partes. Uan dice que son sus gruñidos y prisas los que manchan de humedades las paredes, hacen chirriar el ascensor y dan ese aspecto triste y aburrido al edificio. Por eso se nos ocurrió crear **CS-123,** para llenar de colores nuevos y alegres la casa, aunque a veces los vecinos no lo entiendan. Como todo detective que se precie, anotamos nuestras pesquisas en un **cuaderno**: nuestros SECRET FILES. Están escritas en inglés, nuestro código secreto, porque nadie del barrio lo entiende.

Así que prepárate para compartir con nosotros esta nueva y misteriosa aventura. ¡Ah!, y si quieres saber más sobre mí, contarme cualquier cosa o que te envíe tu carné de ayudante de detective, contacta conmigo en:

cs.123mail@gmail.com

Bye, bye, my friends!

Para mi padre y sus cuentos no escritos.
Para Magda y Amparo, que me enseñaron a leer con los cinco sentidos.
Para Iago Ágora.
Y para Ángeles.

CS-123 LOS PROBLEMAS DE UNA CASA VIEJA

En la calle de la Luna, n.º 25, el tema favorito de conversación de los vecinos es el propio edificio. Según mis padres, en nuestra casa siempre hay cosas que necesitan cambiarse. Tina dice que es muy espaciosa y tiene mucha luz; Marce comenta que está llena de historias y que si sus paredes hablasen… Y para Carlota, está llena de ruidos extraños que no la dejan pegar ojo; yo creo que por eso se entera de todo, porque no duerme.

Eso es porque mi casa es vieja. Es tan vieja que hasta tiene un fantasma: don Lope. Yo no me enteré de su historia hasta que un nuevo caso de **CS-123** estaba ya muy avanzado. Así que, por ahora, vamos a dejarle y empezar por el principio.

Cuando pasó lo que voy a contarte, todas esas cosas se mezclaron un poco. Era un sábado por la mañana, y Cosme descubrió unas misteriosas manchas en las paredes de la escalera. En cinco minutos se había convocado una reunión extraordinaria de vecinos en el descansillo del cuarto piso, a la que asistimos Uan y yo aún en pijama.

—Esto son manchas de humedad –diagnosticó inmediatamente Cosme–. Si ya lo decía yo… Hace años que debían haber cambiado las tuberías. **¡¡¡Brrr!!!** Ahora ya sí que no hay remedio. Pero ¡qué ganas tengo de jubilarme!

—Tiene pinta de ser de la caldera –sentenció doña Pura–. Ya venía haciendo cosas raras desde hace unos meses.

—¡Pues menudo momento para meterse en obras! —comentó papá rascándose la cabeza—. Precisamente ahora que se acerca el frío…

—¡Ay, Dios mío, que la casa está encantada! —exclamó Carlota sujetando la correa de Trilo—. Pero ¡si son caras como las de la tele! ¡Esto es cosa de fantasmas!

11

Era verdad que, hacía poco, en la tele habían hablado de una casa con tres manchas misteriosas. Decían que eran los retratos de personas que habían muerto en ella hacía setenta años. Las de nuestra casa, con algo de imaginación, se parecían a unas caras asustadas.

—¿Te imaginas, Uan, que hubiera espíritus en casa? Podríamos abrir un departamento de fenómenos fantasmagóricos en **CS-123**...

—Stop it, Clara. You've got too much imagination.

—Bueno, socio, no me negarás que es un poco misterioso. A ver si ahora van a ponerse a hablar las paredes, como dice Marce –comenté riéndome–. La verdad es que sí parecen unas caras. Sobre todo la de en medio. Es como ese cuadro tan famoso de un señor gritando.

—Woof! Faces on the wall that scream –sonrió Uan–. **It's like...**

Pero no pudo terminar la frase porque un crujido enorme nos hizo dar un salto a todos. Fue como si las puertas de un castillo con las bisagras oxidadas se cerraran dando un portazo.

—¡Caramba! –exclamó Marce–. Eso ha sonado como un barco viejo en medio de una tormenta.

—¡Ay, que son los fantasmas! –gritó Carlota soltando la correa de Trilo y abrazando a mamá–. ¿No habéis visto moverse a la cara de en medio?

—Lo que yo os diga –sentenció doña Pura–. Es la caldera.

El ruido venía de abajo. Marce, doña Pura y Cosme se fueron hacia las escaleras sin dudarlo. Carlota, papá, mamá y yo nos lo pensamos un poco antes de coger el ascensor y seguirlos. Llegamos al portal y los cuatro quisimos salir a la vez, como si nos diera miedo quedarnos los últimos.

Esperamos al resto de la expedición –tampoco queríamos ser los primeros– para seguir bajando hasta el sótano. Además del trastero de cada piso, allí estaba el cuarto de la caldera. Las puertas daban a una habitación común que guardaba todos los cachivaches del mundo: muebles, cajones y cajas, trozos de tuberías, paraguas rotos, juguetes… De pequeña, cuando iba con mi padre a llevar algún trasto viejo, siempre me pareció que nos metíamos en la cueva de los ladrones de Alí Babá, llena de tesoros. Allí sí que olía a humedad.

Cosme encendió la luz, apartó un par de bicis viejas y abrió una puerta blanca metálica, de donde salió una bocanada de aire caliente y una especie de gruñido. Todos dimos un paso hacia atrás y contuvimos la respiración.

—Pues sí –dijo después de echar un vistazo–. Es la caldera.

Nos quedamos más tranquilos. Doña Pura había acertado… al menos por ahora.

CS-123

UN INVIERNO 'CALENTITO'

Todo esto ocurrió justo cuando estábamos preparando los trabajos de fin de trimestre. En el cole habían elegido a 3.º y 4.º de Primaria para probar, como dijo el dire, don Tomás, a **new way of learning.** Ya te he comentado alguna vez que, desde que el cole es bilingüe, le gusta mezclar inglés y español al hablar. Y que cada vez que viene con una nueva idea en la cabeza, nos echamos a temblar. Normalmente significa más deberes y aburridas excursiones de las que luego hay que hacer trabajos más aburridos todavía. Pero esta vez tuvimos suerte. Llevábamos desde el principio del curso estudiando la Edad Media en todas las asignaturas. En Mates hicimos un mercado donde comprar y vender los productos que estudiábamos en Conocimiento del Medio. "El Violines", en Música, y la profesora de Educación Física nos enseñaron bailes medievales y a batirnos en duelo –que era como otro baile más–. Además, pusimos música a algunas poesías que aprendimos en Literatura, donde nos enseñaron cómo contaban las historias los trovadores, y descubrimos leyendas de dragones, valientes guerreros y pastores, príncipes y princesas enamorados. Lo estábamos pasando de película y ahora preparábamos una fiesta medieval antes de Navidad para cerrar el trimestre, en la que iba a participar todo el cole. Según don Tomás, sería **"a great party"**, con un concurso de disfraces por grupos y otro de puestos de

14

mercado. En la pandilla llevábamos días discutiendo sobre qué íbamos a hacer.

—Nosotros seremos los guerreros y vosotras las princesas –dijo Dani Masymás–, y os salvaremos del dragón que…

—¡Ja! ¿Y por qué no al revés? –atajó Susana Fideofino–. Yo soy una guerrera y tú un príncipe bobo que solo sabe tocar la flauta y suspirar.

—Pues a mí me gustaría tener una tienda de tejidos y de joyas en el mercado –soñaba Clau.

Así todos los recreos sin llegar a un acuerdo.

—**What about you, Clara? What do you want to be?** –me había preguntado Uan varias veces.

—**I don't know, socio.** No estoy segura del todo.

—**Maybe Sleeping Beauty…** –propuso con una media sonrisa.

—Muy gracioso… Pues no, no voy a ser la Bella Durmiente ni ninguna otra princesita enamorada esperando a que me rescaten del dragón.

—**If I were you, I'd like to be a knight.**

A mí también me atraía ser una "caballera", una guerrera en busca de aventuras. Como la protagonista de uno de los poemas que habíamos leído en clase: una chica que quiere ser soldado y se va a la guerra disfrazada de hombre. Aunque tampoco me importaba ser herrera en el mercado y vender cuchillos, clavos, herramientas…

El único que no discutía era Khalil. Dibuja fenomenal, y quería que lo eligieran para hacer los decorados. Pero el profesor de Dibujo decidió que de eso se iban a encargar los de tercero con los YFR, los Young Falcon Rappers, un grupo de Secundaria que hace **hip-hop**, en el que canta Haytam, su hermano mayor. El año pasado ganaron un premio del

Ayuntamiento por decorar una pared del patio con pintadas para el Día de la Paz. Además, los YFR querían ser los trovadores de la fiesta medieval y cantar una leyenda en versión rap de san Jorge y el dragón que, aunque cuenta algo que pasó en el siglo IV, según la **teacher** de Literatura, se hizo famosa en el siglo XI.

Como no podía pintar, Khalil pidió que le dejaran formar parte del grupo de los trovadores y lo consiguió, hasta que un día apareció con *brackets* en la boca y le dijeron que no se le entendía bien al cantar. Entonces se entristeció mucho. Ni siquiera se animó cuando le pedimos que nos decorara las carpetas con las láminas que le habían regalado por su cumple. Tenía de muchos tipos: huellas, animales, letras, siluetas de personas... Las colocabas sobre un papel o una camiseta, rociabas con el spray de pintura que quisieras y ya tenías el dibujo. Clau y yo elegimos unas huellas de gato chulísimas.

Así se presentaba el invierno, con un dragón moribundo en el sótano de casa que no paraba de hacer ruidos y provocar manchas extrañas en las paredes, y una fiesta medieval en el colegio, con castillo y todo. Y por si esto fuera poco, pronto **CS-123** tendría en sus **Secret Files** un nuevo y misterioso caso. El más complicado y oscuro de toda su historia...

UN DESPERTAR MUSICAL

¿Has visto alguna vez cómo queda una casa después de un terremoto? ¿Y qué pinta tiene un piso cuando han entrado ladrones y lo han revuelto todo? Pues una mezcla de todo eso era mi portal. Con el lío de la caldera, llegaron unos hombres, y lo primero que hicieron fue llenar las paredes de las escaleras de rayas y números que pronto se convirtieron en surcos y agujeros. En el sótano, quitaron la puerta para poder meter y sacar piezas, herramientas, trastos, escombros… Y abrieron un agujero del tamaño de una caja de zapatos que daba a la calle, entre el quiosco y el portal, para ventilar el cuarto de calderas.

—Jo, Uan. Esto parece una casa del Bronx, en **New York**, con las paredes llenas de pintadas y agujeros.

—Yeah! But the worst thing is the noise.

Era verdad. Hacían mucho ruido. No necesitábamos despertador para levantarnos, porque todos los días a las 7.45 en punto empezaban los golpes. Cuando acabaron con las escaleras, entraron en todas las casas y continuaron con los agujeros. Ahora los vecinos estábamos comunicados por una red de túneles en las paredes que parecía un hormiguero y por la que se podía escuchar perfectamente a los de arriba fregar los platos o la radio de los de abajo.

—And all the neighbours are even more grumpy than usual —continuó mi socio.

—Tienes razón, todo el mundo está más gruñón que de costumbre. Incluso Trilo y John Silver notan el jaleo y parecen enfadados.

Me vino a la cabeza lo que escribimos en nuestro cuaderno Secret Files cuando creamos **CS-123**:

> **We are a team of detectives. Our neighbours are very boring and grumpy. We want to make them happy.**

Habíamos creado **CS-123** precisamente para actuar en estas situaciones y que nuestros vecinos fueran algo más felices y dejaran de gruñir en el ascensor por el calor del verano o, como ahora, por las obras. Por eso perfumamos la basura o llenamos de chuches los buzones en otros casos. Uan y yo nos miramos a la cara. Vi ese brillo en sus ojos que tan bien conocía. Estábamos pensando lo mismo y él se encargó de ponerlo en palabras.

—**Clara, we must do something.**

—**You're right. CS-123** tiene que entrar en acción.

Y nos pusimos, nunca mejor dicho, manos a la obra. Lo primero era decidir qué hacer. De lo que más protestaban mis vecinos era de tener que despertarse con los golpes en las paredes. Así que una mañana nos levantamos antes de que llegaran los obreros y pusimos los altavoces del MP3 en el pasillo, al lado de un túnel que venía del sótano, atravesaba la pared y se perdía hacia los pisos de arriba. A las 7.35, Rico Muchacho empezó a cantar:

yo canto y declamo,
también pinto con las manos
para contar mis historias,
unas con penas y otras con glorias.
Lleno el aire y también las paredes
con gritos rebeldes. Escúchalos si quieres...

Pero no duró ni un minuto, porque mi madre apareció en el pasillo y no tuvo que decir nada. Solo con ver sus labios apretados y los ojos que lanzaban flechas de fuego, apagué la música al instante.

—Pero ¿se puede saber qué pasa aquí?

Le expliqué mi idea. Mamá empezó a escucharme frotándose los ojos. Luego se puso las manos en las mejillas y abrió mucho la boca.

—¿Y se te ocurre poner a ese "Guapo Muchacho" o como se llame pegando alaridos a las siete y media de la mañana?

—Si no te ha gustado, mañana puedo poner música clásica… –dije aplastando a Uan contra mi pecho.

Mamá volvió a abrir la boca, pero no pudo hablar. Eso sí, sus ojos lo dijeron todo muy clarito: **Ni se te ocurra, Clara Mediasuela.**

Y por si se me olvidaba, me mandaron madrugar durante dos semanas para hacer el reparto del quiosco entre los vecinos y locales cercanos a casa.

Nuestro primer intento había sido un fracaso. Habíamos conseguido que todo el mundo se despertara ese día de otra manera: ¡mucho más enfadados que con los ruidos de las obras!

—**Well, Clara** –me dijo Uan mientras bajábamos las escaleras–, **let's change our strategy.**

—Sí, creo que es buena idea cambiar de estrategia. Parece que no les ha gustado el despertar musical. Eso sí, socio, si te parece lo pensamos más tarde, que ahora no está el horno para bollos y tenemos mucho que hacer antes de ir al cole.

—**Aha!** –recordó Uan–. **Our new job: paper girl and "paper dog".**

—¡Oye! Eso suena mejor que repartidores de periódicos. Parecemos superhéroes.

—**Yeah!** –rió Uan–. **The Amazing Adventures of Paper dog and Paper girl!**

Y pensando en esas emocionantes aventuras llegamos al quiosco y recogimos los pedidos de los vecinos. Los fuimos dejando en la puerta de cada piso para hacerlo más rápido… y librarnos de una posible bronca por el despertar musical. Cuando llegamos al último, Marce abrió la puerta.

—¡Qué sorpresa, grumete! Me imagino que este nuevo trabajo tiene algo que ver con cierta música que ha sonado esta mañana…

—Lo siento, capitán. Solo quería…

—Está bien, Clara –me interrumpió revolviéndome el pelo–. Al menos ha sido distinto a los porrazos de los últimos días. Pero la próxima vez, pon algo más tranquilo. Y menos moderno.

Su gato, John Silver, estaba acurrucado en sus brazos sin moverse. De pronto lanzó un maullido muy flojito y largo, como un suspiro.

—Mi buen John Silver –dijo Marce acariciándolo suavemente–. Esta noche ha regresado de sus correrías por los tejados quejándose de la tripa. A saber qué habrá comido por ahí.

Nos despedimos y bajé al quiosco para recoger los pedidos del bar Pinchito's y la panadería de Mika.

Todos los días, Khalil va por casa a recogerme y nos vamos al cole pasando por esos dos sitios para recoger al resto de la pandilla. Desde el portal, vi a Trilo, el perro de Mario, corretear por la acera. Eso significaba que ya era tarde.

—**Hurry up,** socio! –dije mientras le metía de cabeza en el bolsillo de la mochila–. Carlota y el Renacuajo están en el portal. Seguro que Khalil ya se ha ido.

Salí a la calle y me encontré con papá, Mario y Carlota. Fui a saludar, pero en ese momento dijo Mario:

—¡Cómo mola! Se parece a un **tattoo** de los de las patatas fritas.

—¡No lo toques! –chilló Carlota–. Mira, ya te has manchado el dedo de pintura.

Me giré hacia donde miraban. En la pared, entre el quiosco y el portal, había un **graffiti.** Parecía uno de esos dragones de los desfiles chinos, alargado como una serpiente y con

escamas puntiagudas por el lomo. Era todo negro y por la boca le salía una llamarada roja.

—¿Quién lo habrá pintado? –preguntó papá, subiendo el cierre del quiosco–. Cuando lo vea Cosme..., él sí que va a echar fuego por la boca.

—¡Cómo está el barrio! –le interrumpió Carlota mientras limpiaba el dedo de Mario con un *kleenex*–. Dentro de poco no vamos a poder ni salir a la calle…

Me hubiera gustado quedarme a mirar con más detalle, pero desde la mochila noté que Uan se removía inquieto y me susurraba:

—**Clara! Khalil has gone. Hurry up! You're late!**

Tenía razón. Ya no estaba Khalil. Si me daba prisa, a lo mejor pillaba aún a la pandilla en la panadería.

Así que cogí los pedidos y salí pitando de allí con una sospecha en la cabeza: esa extraña pintada iba a tener consecuencias. Y una vez más, mi instinto de detective no me defraudó.

CS-123

EL DRAGÓN DE FUEGO ROJO

En la panadería ya no había nadie. Dejé los periódicos y seguí caminando sola hacia el colegio pensando en la pintada del portal. Uan seguía moviéndose en la mochila. Abrí su bolsillo y sacó el hocico, como buscando aire.

—¿Qué te ha parecido el dragón, socio?

—**What dragon? I haven't seen any dragons.**

Le expliqué cómo era el grafiti. La idea de que esto iba a complicar aún más las cosas en casa seguía rebotando en mi cabeza como una pelota saltarina. Uan pareció leerme el pensamiento.

—**Woof!** –ladró–. **Graffiti, building work... That means trouble at home.**

—**I think so too.** Pintadas y obras no son una buena mezcla. Aunque bien pensado –seguí reflexionando–, puede ser una oportunidad para **CS-123**. Si descubrimos quién está detrás de esas pintadas, a lo mejor conseguimos calmar un poco los ánimos.

—**You're right, Clara** –exclamó–. **CS-123 has a new mission!**

—¡Exacto, socio! Una nueva misión. Descubrir al grafitero del dragón que echa fuego…

Estuvimos un par de minutos reflexionando hasta que Uan empezó a pensar en voz alta.

—**A black dragon... that breathes red fire... That's it! I've got it!**

—¿Qué has descubierto?

—**The name of our new mission.**

—¿El nombre de la misión? Pues tú dirás…

—**Woof!** –suspiró como perdonándome la vida–. **You've seen a dragon breathing fire, haven't you?**

—**Of course.** ¿Y eso qué…?

De pronto, lo vi claro: un dragón escupiendo fuego rojo…

—¡Claro! **Red Fire Dragon.** Uan, eres un genio. Aunque con esto no hemos descubierto quién ha hecho el grafiti…

—**Well, it's the first step** –dijo rascándose detrás de la oreja.

—Sí, es un primer paso. **Mission: Red Fire Dragon. It sounds really good!**

Llegamos al cole organizando nuestra nueva misión. Me disculpé ante la pandilla por el plantón y les conté por encima lo del dragón. Después, nos pusimos a discutir sobre la fiesta medieval.

—Pues todos no podemos ser caballeros. Alguien tiene que participar en el concurso de puestos de mercado –comentó Susana.

—Yo paso –dijo Dani–. Pienso ser un caballero.

—A lo mejod podíamoz depezentad la hiztodia de zan Jodge y el dagón...

—¿Quéééé? –preguntamos todos a la vez.

—Digo –continuó Khalil intentando hablar más despacio para que se le entendiera a pesar de sus *brackets*– que podíamoz padticipad con los YFR...

—Pero, Khalil –dije yo mirando al resto de la pandilla–, si ya te han dicho que no puedes cantar...

—Zi yo no digo que cantemoz —respondió Khalil—. Digo que podemoz disfdazadnos...

—Pues yo quiero tener un puesto de ropa —insistió Clau.

—¡Genial —dijo Dani—. Ya tenemos a alguien para el mercado.

—Sí, pero necesitamos al menos un puesto más... —añadió Mika.

Khalil intentó volver a sacar el tema de san Jorge y el dragón, pero nadie le hizo caso. Estábamos demasiado preocupados por repartirnos los papeles en la fiesta. En un momento de la discusión, Clau se acordó de que había propuesto algo y le preguntó.

—Y tú, Khalil, qué prefieres: ¿caballero o artesano?

—Puez a mí...

—Khalil quiere ser caballero —cortó Dani—. Antes ha dicho algo sobre san Jorge, ¿no?

—Zi, aunque zolo...

No terminó la frase. Encogió los hombros y se fue diciendo que tenía que ir al baño. Nosotros seguimos discutiendo sin llegar a un acuerdo. Finalmente, decidimos hablar con Bea, la tutora de Tercero, que era quien estaba coordinando todo. Ella lo resolvió de forma salomónica: la mitad seríamos cortesanos (caballeros, damas de corte, princesas o príncipes), y participaríamos en el concurso de disfraces. La otra mitad haría de artesanos del mercado. Clau lo tenía claro. Los otros dos artesanos los echamos a suertes delante de Bea, y les tocó a Dani y a Khalil. Susana, Mika y yo seríamos cortesanos.

Durante el resto del día, aprovechamos los recreos para decidir cómo hacerlo..., y convencer a Dani de que ser artesano también podía ser emocionante.

CS-123 LADY CLARA SECRET FIELD

Después de discutir toda la mañana, los que iban a hacer de artesanos se pusieron de acuerdo: Khalil vendería vinos y aguardientes (zumos y refrescos); Clau, tejidos, y Dani sería el herrero.

—¡Y fabricaré espadas y cuchillos y lanzas...! –dijo Dani con los ojos brillantes como ascuas de carbón.

Los cortesanos decidimos que ninguno haría de príncipe bobo o princesa a quien había que rescatar. Todos seríamos caballeros o damas con la misión de salvar al reino de un terrible dragón que quemaba las cosechas y se comía los rebaños. Como puedes sospechar, el descubrimiento del **Red Fire Dragon** tuvo algo que ver con esa decisión. Lo más divertido fue elegir nuestros nombres. Yo elegí Lady Clara Secret Fields. Sonaba muy misterioso. Además, en la pandilla nadie conoce **CS-I23** así que ni siquiera se imaginaron que estaba utilizando mi nombre profesional. Susana opto por llamarse Lady Susana Deep River y Mika fue Sir Mika de Bread Land.

A la salida del cole soplaba el viento y vimos un par de rayos en el cielo. Volvimos a casa dando mandobles con nuestras espadas imaginarias a fieros dragones. Antes de despedirnos, aproveché para volver a sacar el tema del dragón de verdad, el de las pintadas, y pedirles que estuvieran atentos por si veían alguno parecido.

—Descuidad, lady Clara Secret Field, que ese dragón de fuego rojo tiene los días contados. ¡Sir Mika de Bread Land acabará con él!

—¡Por Merlín, que lady Susana Deep River también participará en esa cacería!

Me separé de Dani en el Pinchito's y seguí sola hasta casa. Khalil se había quedado viendo cómo su hermano y los YFR preparaban los decorados y ensayaban su papel de trovadores. Uan asomó el hocico por el bolsillo de la mochila.

—Woof! Lady Clara Secret Field sounds really good! I'll be your squire...

—Bueno, Uan –dije mientras lo cogía en brazos–. Podrías ser mi escudero... Aunque no me negarás que una dama guerrera lleve un escudero de trapo no es muy... profesional. Yo había pensado que podíamos luchar juntos de una manera diferente.

Sus ojos se abrieron y brillaron como la cola de un pavo real.

—As a knight? Woof woof! That's great: sir Uan from Wool Land...

—¡Ufff! Un perro caballero es algo extraño. Yo me refería a otra cosa. Quizá te gustaría ser un dragón...

Ahora fue su boca la que se abrió y se quedó así unos segundos, como si estuviese en el dentista. Cuando por fin pudo reaccionar, balbuceó.

—A... dra-dragon?

—Sí. Te llevaríamos enjaulado en un carro y todo el mundo querría verte. Incluso serías el protagonista principal de las leyendas y canciones de los trovadores.

—But I'm too small to be a dragon, Clara, and...

—Bueno, eso es fácil. Podemos hacer un cuerpo de dragón con cartones y tú irías en la cabeza, con una careta de dientes afilados.

La propuesta de ser un dragón no le sonó del todo mal. Aunque no le hacía mucha gracia eso de ser el malo de la historia.

—Piénsalo, socio. Además, escondido tras la careta, nadie te vería. Y no tendrías por qué quedarte quieto como un peluche cualquiera… Incluso podrías gruñir un poquito.

Estábamos llegando a casa y el cielo se parecía cada vez más al lomo de un burro. Los ojos de Uan volvían a brillar. La idea de no tener que hacerse pasar por un muñeco normal y corriente le había convencido.

—Ok, Clara! I will be your Red Fire Dragon.

—Great! Mañana se lo comentaremos a la pandilla. Y ahora —dije señalando a la pared, desde donde nos miraba el dragón pintado—, creo que es momento de centrarnos en nuestra nueva misión.

UN ENCARGO PROFESIONAL

Saludé a papá, que estaba en el quiosco tapando con plásticos las revistas, y entré en el portal. Allí estaban Marce, doña Soledad, Tina, Cosme y Carlota –que no se pierde ni una–. Hablaban de las obras, cómo no. Se alegraban de que la avería en la caldera estuviera ya reparada. Esa misma tarde habían terminado el trabajo en el sótano. Solo quedaba arreglar los desperfectos de las paredes. Intenté escabullirme sin que me vieran. Con la historia de la pintada, por la mañana me había librado de una buena reprimenda por el "despertar musical".

"Pero ahora –pensé– seguro que no tengo tanta suerte."

Cuando casi lo había conseguido, Trilo me descubrió y corrió gimiendo hacia las escaleras por donde ya había empezado a subir.

—¡Mira! –dijo Carlota con retintín–. ¡Nuestra "pinchadiscos" particular!

—Hija –dijo doña Soledad–. ¡Menudo susto nos has dado!

—Bueno –contestó Tina–, al menos ella ha encontrado una utilidad a todo este jaleo de las obras. La verdad es que no estaría mal que hubiera un hilo musical por toda la casa, que con esto del cambio de tuberías, es que se oye todo. Así al menos podríamos tener un poco más de intimidad...

Esto último lo dijo mirando a Carlota, que se puso a disimular buscando algo en su bolso.

—**Come on, Clara!** –susurró Uan–. **It's now or never!**

Parecía que yo ya no era el centro de atención. Así que aproveché para seguir subiendo las escaleras… dos peldaños. Cuando iba a poner el pie en el tercero, oí a Cosme.

—¡A ti quería verte yo, Clarita!

Di un respingo y me giré. Cosme tenía el brazo extendido hacia mí y todos seguían su dedo con los ojos. ¿Qué querría? Él no había estado en el portal por la mañana, así que no podía ser nada relacionado con lo que estábamos hablando. Uan se removió inquieto en la mochila. Intuía problemas.

—**Hmmm… I'm afraid we're in trouble** –musitó.

—Habrás visto el pintarrajo de la pared, ¿verdad? –me espetó Cosme–. Como si no tuviera bastante con las obras…

¡Glups! Se me quedó la garganta seca. ¿Pensaba Cosme que yo había pintado el dragón?

—Sí, pero yo no…

—Ya, me imagino que tú no has sido. Pero sí conoces a quien puede haberlo hecho: ese de la gorra y los pantalones grandes, que va enseñando los calzoncillos…

¡Uff! Estaba libre de sospecha. Con esos datos, solo podía referirse a Haytam. Y era verdad que los YFR solían hacer pintadas, aunque nunca en las paredes de las casas.

—Haytam ya nunca pinta en las paredes –le contesté–. Quedaron con la policía del barrio que lo harían en la pista de **skate**. Y don Tomás les deja un trozo del muro del cole…

—Ya, ya… –dijo Cosme nada convencido–. ¿Y a quién le toca ahora limpiar la pared. **¡¡¡Brrr!!!** Pero ¡qué ganas tengo de jubilarme!

—Estos jóvenes… –suspiró Carlota–. Empiezan pintando las paredes y acabarán robando bolsos. Cuando digo yo que en este barrio ya no podemos estar seguras…

—Es una lástima que John Silver esté enfermo y no pueda darse sus paseos nocturnos –dijo Marce guiñándome un ojo–. Si no, le pediría que estuviera atento y nos avisara si veía a ese peligroso criminal.

Todos nos reímos menos Carlota, que arrugó los labios y, ofendida, volvió a rebuscar en su bolso. Finalmente, me comprometí a "vigilar" a Haytam y a investigar por el cole, y me fui escaleras arriba un poco nerviosa: **Mission Red Fire Dragon** se había convertido en un encargo profesional.

CS-123 THE DRAGON WAKES UP

¿Recuerdas cuando te regalaron tu primera bicicleta? ¿O cuando te quedaste por primera vez a dormir en casa de una amiga? Pues así me sentía yo: ¡teníamos unos clientes!

—**Clara** —dijo Uan mientras abría la puerta de casa—. **Do you realise? We have an official job.**

—Sí. ¡Es nuestro primer trabajo oficial! Eso significa que habrá que ser muy cuidadosos. Haremos informes. Y si nos preguntan por nuestros clientes, no podremos decir nada por secreto profesional…

Noté que me subía un calorcillo desde la tripa y me puse a sudar. Llegamos a la habitación y tuve que sentarme un rato en la cama.

—**What's the matter, Clara? Are you feeling ok?**

—**¡Ufff!** No sé si estoy bien del todo, socio. De pronto me he dado cuenta de que tener clientes es una gran responsabilidad.

Uan me miró, se rascó detrás de la oreja y, después de un corto silencio, me dijo:

—**Come on, Clara! We're experienced detectives. CS-123 is a professional secret detective agency.**

Tenía razón. Aunque eran nuestros primeros clientes, no era nuestro primer caso. Ya habíamos demostrado nuestra profesionalidad otras veces.

—Let's write our first report! –continuó–. **Where are our Secret Files?**

Respiré hondo, me sequé el sudor y fui al armario a buscar nuestro cuaderno para escribir el primer informe de la misión.

Mission Red Fire Dragon

1. Building works at 25th Moon Street. (Las reformas de la caldera lo han puesto todo patas arriba.)

2. The neighbours are fed up with the noise. (Desde las 7.45 de la mañana oyendo martillazos. ¡Están hasta las narices!)

3. CS-123 decides to wake them up with

music. (Ponemos a Rico Muchacho y se enfadan. ¡No saben apreciar la buena música!)

4. Meanwhile, somebody draws a dragon on the wall. (El grafiti lía aún más las cosas y al mismo tiempo...)

5. The neighbours ask CS-123 for help. (¡Descubrir al grafitero se convierte en nuestra primera misión por encargo!)

La tarde seguía amenazando tormenta. Ya habíamos oído algún trueno lejano. Estuve diseñando el disfraz de Uan hasta la cena. Mientras comíamos, mamá tuvo una idea genial.

—A lo mejor podéis rebuscar entre los trastos del sótano, ahora que está patas arriba por las obras. Seguro que encontráis algo interesante para vuestra fiesta.

—¡Guay! –dije soltando la cuchara, que cayó sobre la sopa salpicando el mantel–. Podemos buscar ropa y cosas para el mercado. Incluso algo que nos sirva de escudo o armadura...

—Habla primero con Cosme, Clara –añadió papá–. Y si encontráis algo que os interese, antes de cogerlo tendréis que pedir permiso a...

¡BRRRRUUMMM! Los cristales de la ventana temblaron. El trueno sonó tan fuerte que esta vez mis padres también soltaron sus cubiertos.

—Ya está aquí la tormenta... Mira que es raro en estas fechas –comentó mi padre–. En fin, te decía, Clara, que tenéis que pedir...

Esta vez no fue un trueno, sino un ruido menos fuerte y más largo. Empezó muy agudo y se fue apagando poco a poco, como la sirena de un coche de juguete que se estuviera quedando sin pilas. Y venía del pasillo. Se repitió varias veces, intercalado con más truenos.

... AAAUUUUUUUUU, AAAUUUUUUUUU.

—¿Qué es eso? –preguntó mamá.

Yo volvía a sentir el calor en la tripa.

—¿Por qué se escucha en el pasillo? –añadió papá cogiendo instintivamente el cuchillo–. Parece el grito de un animal.

Al principio, creí que Uan me estaba gastando una broma de muy mal gusto desde la habitación. Pero mi socio estaba en la cocina con nosotros, mirándome con sus ojos de botones. Después, ayudada por los truenos y la repetición de aquel lamento, pensé que podrían ser fantasmas, o nuestro **Red Fire Dragon** asustado por la tormenta, y otras muchas respuestas igual de estrafalarias. Hasta que me acordé de que, según Sherlock Holmes, lo primero que hay que hacer ante un misterio es descartar lo imposible. Respiré hondo por segunda vez ese día y me puse a pensar en voz alta.

—Seguro que es John Silver, que se queja de la barriga, o el viento que se cuela por los agujeros de las obras...

Mamá y papá se miraron, me miraron a mí y, sin decir nada, siguieron comiendo. Parecía que mis respuestas les habían convencido. Eso me dejó más tranquila. Pero no tanto como para seguir cenando.

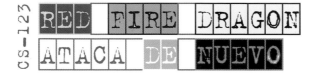

CS-123

RED FIRE DRAGON ATACA DE NUEVO

—**Oh my god!** –dijo Uan cuando llegamos a la habitación–. **It's unbearable!**

—Hombre, tanto como insoportable… –dije cerrando la puerta–. A ver si ahora lo llevas mejor.

En la calle, la tormenta había amainado. Papá tapó los agujeros de las obras con toallas y, a pesar de ello, los lamentos seguían escuchándose. Convencida de que era John Silver quejándose, me quedé dormida.

Soñé que nuestro trastero era un gran mercado medieval. Yo quería comprar algo de comida, pero no podía pagar porque no entendía lo que me decían. Todo el mundo hablaba con gemidos y lamentos. Un extraño animal, mitad gato mitad dragón, se ofreció como intérprete a cambio de que yo hiciera calcetines para él y sus nueve hijos. Me desperté moviendo frenéticamente los brazos, tejiendo calcetines invisibles, con Uan encima de mí lamiéndome la cara.

—¿Qué, Uan? –pregunté mientras me estiraba–. ¿Te han molestado los ruidos?

—**Of course not** –exclamó tirando de las sábanas con sus patas–. **I slept like a log.**

—Sí, ya veo que has dormido como un leño... ¿Qué prisa tienes?

—Get up, Clara! We have to deliver the newspapers.

¡Era verdad, teníamos que repartir la prensa antes de ir al cole! Papá ya había subido los periódicos de los vecinos, que nos esperaban en la cocina. Me comí dos tostadas y un plátano, y comenzamos el reparto. Por las escaleras, fuimos haciendo inventario de los estropicios que estaban provocando las obras: escombros, agujeros, arañazos en alguna puerta...

Esperé unos minutos a Khalil en el portal, pero no apareció, así que cogí mi mochila, los periódicos para la cafetería de Florencia y la panadería, y me fui. En el Pinchito's, Dani estaba mirando los cubos de basura. Dejé los periódicos en la puerta y me acerqué a él por detrás, diciendo:

—¡Saca tu espada, bellaco, que lady Clara Secret Field quiere batirse contigo!

Dani se dio la vuelta de un brinco, tropezó con el cubo de basura amarillo y casi se cae de culo. Su cara se puso blanca como una palomita de maíz. El chulito de la clase se había asustado de verdad.

—¡Jo, Clara! ¡Menudo susto, tía!

—¡Tenías que haberte visto la cara! —dije riéndome—. ¿Qué mirabas tan concentrado en los cubos?

Entonces fui yo quien se quedó con la sonrisa congelada.

—Pero esto... Tú... ¿Cuándo...?

—Lo he visto esta mañana. ¿Se parece al de tu casa?

Desde el cubo de basura, un dragón negro escupía fuego rojo, justo encima del escudo del ayuntamiento.

—¡Es igual! ¡El mismo dragón!

Era calcado al otro. Estuve un rato mirándolo. Dani me aseguró que el día anterior no estaba allí pintado. Cogí un pañuelo de papel, lo pasé con cuidado por encima y se manchó de tinta negra y roja. Todavía estaba húmedo. El misterioso grafitero tenía que haberlo hecho esa misma mañana.

Llegamos a la panadería y, quitándonos la palabra, se lo contamos al resto de la pandilla. Después empezamos a hablar de la fiesta. Clau nos enseñó los diseños de disfraces que había hecho su madre y yo presenté mi idea para el dragón. Khalil estaba en un rincón, comiéndose un cruasán. Le pregunté por qué no había pasado por casa y me dijo que se le había olvidado avisarme de que hoy iba a hacerse unos análisis. Parecía enfermo, con ojeras. Yo empezaba a pensar que estaba así de desanimado por algo más que por los *brackets*. Camino del cole, les conté las sospechas que tenía Cosme sobre quién era el culpable de las pintadas.

—¡Ez mentida! ¡Mi hedmano no ha zido! –gritó Khalil enfadado–. ¿Pod qué? ¿Podque todo el mundo zabe que pintan en la pizta de zkate? ¡Puez no zon loz únicoz que zaben haced gdaffitiz!

Y se fue él solo, dejándonos a los cinco plantados en la acera.

CS-123 **MODELOS PARA BIZCOCHOS**

El rumor de que los YFR habían hecho unas pintadas se extendió por todo el cole y llegó a oídos de don Tomás, que se enfadó bastante.

—**Students, I'm very angry.** El colegio investigará si es cierto que un alumno es el responsable de esos **graffiti.** Y si es así, **he can forget about the medieval festival!**

Con todo este jaleo, se me había olvidado comentar a la pandilla la idea de mamá de buscar materiales en el sótano. Tuve que esperar al recreo para decírselo. Al salir de la clase, Khalil pasó a nuestro lado sin mirarnos.

—**Woof!** —susurró Uan—. **He's very angry.**

—Me parece que tiene sus razones para estar enfadado.

—**Maybe, but wasn't it a strange reaction?**

—¿Por qué dices que reaccionó raro? Yo creo que hubiera hecho lo mismo si se hubieran metido con mi hermano.

—**Now, he sticks up for his brother** —se explicó Uan—. **However, a few days ago he was very sulky.**

—Bueno, su tristeza y su enfado de hace unos días no tiene nada que ver con esto. Ya sabes que no ha podido ser trovador con los YFR en la fiesta por culpa de los *brackets.* Por eso está tan raro.

Cuando llegamos al patio, la pandilla estaba alrededor de Mika. Se le había ocurrido que podía traer a la fiesta unos bizcochos en forma de dragones, espadas, castillos..., y venderlos en un puesto del mercado.

—¡Genial! –dijo Dani–. Así yo puedo ser un cortesano.

—Sí –dijo Susana con media sonrisa–. Sir Daniel Moreandmore...

Dani enseguida adoptó ese nombre y empezó a hacer reverencias a todo el que pasaba por su lado. Nos echamos a reír. Incluso Khalil parecía interesado. Y eso me dio una idea.

—Mika –pregunté–, ¿y de dónde vas a sacar los moldes para los bizcochos?

—No hacen falta moldes –me contestó–. Basta con modelar la masa como si fuera plastilina.

—Entonces –dije mirando a Khalil–, a lo mejor necesitas unos dibujos de las figuras que quieres modelar, ¿no?

—Pues... con los dibujos sería todo mucho más fácil. Pero ¿quién podría hacerlos?

—A lo mejor Khalil...

—¡Sí! –dijo Clau–. Khalil dibuja genial. A mí me ha hecho unos diseños de ropa y mi madre dice que son muy buenos. Además, tiene unas plantillas...

—Yo no... –trató de intervenir Khalil.

—¡Oye! A lo mejor podrías diseñar toda una ciudad medieval con casas, caballeros, castillo, animales... –añadió Susana.

—Ez que...

—Podríamos hacer algunos de chocolate –sugurió Mika relamiéndose–. Entonces sí que necesitaríamos moldes.

—Bueno –suspiró finalmente Khalil–, no ez lo mizmo que haced loz decodadoz de la fiezta... aunque puede eztad bien.

Nos pusimos a saltar alrededor de Mika y Khalil montando un pequeño alboroto. Uan se movía en la mochila como si quisiera participar de la fiesta. Me aparté del grupo un poco.

—¿No es genial? Parece que nuestro triste compañero ha empezado a animarse.

—Yes –dijo sin darle importancia–. But don't forget to tell them about your mother's idea.

—¡Es verdad! Casi se me olvida. ¡Gracias, socio!

Comenté la idea de visitar el sótano de casa en busca de materiales para el mercado y nuestros disfraces. A todos les pareció bien, y con el último pitido del timbre, subimos de nuevo a clase.

CS-123

ALGO NO ENCAJA

Por la tarde, de vuelta a casa, quedamos en que, al día siguiente, nos pasaríamos por el trastero para husmear un poco. Susana se encargó de avisar a Khalil, que se había quedado en el cole viendo el ensayo de los YFR.

—Chatearé con él esta tarde –dijo.

En el Pinchito's, Florencia salió al vernos pasar y nos llamó con su acento argentino.

—¡Dani, Clara!, ¿pueden venir? Un minuto nomás.

En el bar solo había una mesa ocupada. La tele estaba puesta sin sonido en el canal de deportes y, de fondo, se escuchaba el ruido constante de la cafetera y un disco de tangos. Nos preguntó por el **Red Fire Dragon.** Yo le conté que en casa también había aparecido uno.

—Ya sé, ya sé… –dijo pensativa–. Marce me contó anoche, al volver del veterinario. Y Cosme me dijo hoy que vos, Clarita, ibas a preguntar en la escuela…

Salimos del bar tras prometer a Florencia que le informaríamos si nos enterábamos de algo sobre las pintadas. Dani se fue y yo me quedé unos segundos en la puerta, mirando al infinito.

—**Come on, Clara, I know that face** –dijo Uan sacando la cabeza de la mochila–. **What are you thinking about?**

45

¿Conoces esos juegos en los que hay una serie de dibujos y tienes que descubrir cuál es el que no tiene relación con los otros? Pues eso es lo que me preocupaba. Tenía la sensación de que algo de lo que había dicho Florencia hacía rechinar nuestras pesquisas en la **Mission Red Fire Dragon.** Se lo comenté a Uan y, caminando, repasamos la conversación en el Pichito's.

—Veamos. Según sabemos, los grafitis se hicieron por la mañana…

—**Do you think that's important?**

—Nos da algo de información: parece que nuestro grafitero es madrugador...

—**Ok** —continuó Uan—. **You told Florencia we have the same graffiti in our house.**

—... Pero Cosme ya se lo había dicho esta mañana.

—**Not exactly** —me corrigió Uan.

—¿Cómo que no?

—**Cosme told Florencia about the graffiti this morning, but Marce had already told her last night.**

—Es cierto, socio, se lo dijo Marce antes que Cosme, ayer por la noche, al volver del veterinario...

Estábamos llegando a casa. Ya veía a papá en la puerta del quiosco hablando con Carlota, doña Soledad y Daniel. Trilo se había soltado y venía corriendo hacia nosotros.

—**Oh, no** —suspiró Uan—. **Here comes that little silly dog...**

Entonces no lo sabíamos pero, tonto o no, Trilo nos sacó de nuestras deducciones cuando estábamos a punto de descubrir la pieza que no encajaba. Aunque no tuvimos que esperar mucho tiempo más para hacerlo.

UNA TEORÍA PARANORMAL

—¡Hola, pequeño! –saludé a Trilo.

—**Grrrr!** –gruñó Uan mirándolo como si fuese a robarle un hueso–. **You'd better keep away from here...**

El perro de Mario le hizo caso y se fue antes de que pudiera hacerle una caricia, anunciando nuestra llegada con un lastimero gemido que nadie escuchó porque Carlota, Daniel y papá discutían acaloradamente. Doña Soledad sujetaba el carrito de Quique y parecía estar en otra parte. Tenía la misma cara que yo cuando don Tomás comenzaba con uno de sus **speeches.**

—Carlota –dijo papá–, yo creo que todo tiene una explicación.

—¡Pues claro que la tiene, Bruno! –dijo Carlota muy exaltada–. Ya te la he dado: ¡esto es cosa de fantasmas! Primero las manchas en las paredes, esta noche los alaridos. Solo falta que empiecen a caerse las cosas por los suelos...

—Hombre, vecina –dijo Daniel–, estoy seguro de que habrá otra explicación más lógica...

—No queréis hacerme caso –siguió Carlota insistiendo–. ¡Esta casa tiene espíritus!

—Yo no veo a un fantasma jugando a gemir por los agujeros de las paredes y a cambiar las cosas de sitio... –continuó Daniel–. Más bien parece cosas de seres vivos de cuatro patas...

Daniel y papá miraron a Trilo y después a Carlota, que se agachó a cogerlo en brazos. Mientras, doña Soledad miraba al suelo distraída.

—¿Qué estáis diciendo? ¿Que Trilo…? ¡Huy, no! Mi pequeñín no ha podido ser. Ayer estuvo toda la tarde en casa, y por la noche durmió debajo de mi cama.

—Vale, pero aún nos queda un sospechoso de cuatro patas, antes de hacer caso a tu teoría paranormal –dijo Daniel.

Al oír eso, Uan dio un brinco en la mochila.

—**Clara** –susurró asustado–, **they aren't talking about me, are they?**

—Tranqui, socio, que no están hablando de ti. Me parece que se refieren a alguien que vive en el ático y tiene nombre de pirata.

—Si te refieres a John Silver –dijo mi padre–, él no ha podido ser. Marce me ha dicho esta mañana que no ha dormido en casa.

Y siguió colgando las revistas de *skate* en la pared. Al escuchar esto, la conversación con Florencia regresó a mi cabeza justo donde había dejado el repaso con Uan: Marce le había contado lo del grafiti en el portal ayer por la noche "al volver del veterinario". Ahí estaba la nota que sonaba mal. Si Marce había estado en el veterinario, era muy probable que hubiera ido con John Silver, y si era así... Papá confirmó mis sospechas.

—Se ha quedado en la clínica en observación. Parece ser que le dolía mucho la barriga y se fueron al veterinario. A lo mejor tienen que operarlo.

Silencio de cementerio durante unos segundos. Parecía que todos pensábamos lo mismo. Si ni John Silver ni Trilo habían sido los que habían hecho los ruidos anoche...

—**Clara** –me susurró Uan al oído diciendo lo que ninguno queríamos creernos–, **I'm afraid Carlota is right. There IS a ghost in the house!**

Como si hubiese oído a Uan, Carlota exclamó triunfante:

—¿Veis como tengo razón? ¡Tenemos un fantasma en casa!

Entonces, volviendo de su ensoñación, doña Soledad alzó la cabeza y habló por primera vez para decir muy seria:

—Es verdad. Esto tiene que ser cosa de don Lope.

Papá se pellizcó con una pinza en el dedo. A Daniel se le cayó un trozo de pan que iba a dar a Quique y Trilo lo cogió al vuelo antes de que tocara el suelo. A Carlota se le iluminaron los ojos. Y mi corazón empezó a latir como un colibrí.

LA HISTORIA DE DON LOPE

Doña Soledad no esperó a que preguntáramos quién era ese don Lope para empezar a contarnos su historia.

—Yo nunca me creí esas viejas historias que contaba mi pobre Serafín, que en gloria esté. Pensaba que eran cuentos para asustar a los niños. De hecho, desde que crecieron mis hijos, nunca más volvimos a hablar de ello. La cuestión es que en el siglo XIX, donde ahora se levanta esta casa había...

—¡Un cementerio! –interrumpió Carlota. No podría decir si su cara era de miedo alegre o de alegría asustada.

Doña Soledad dio un suspiro y movió la cabeza y la mano al compás.

—¡Huy, no, hija, nada de eso! Aquí estaba el palacete de los Tornamira, donde vivía don Lope Tornamira Romasanta.

Nos contó que ese tal don Lope vivía con sus dos criados, un joven matrimonio que se encargaba de la cocina, el jardín y la administración de la casa. No tenía hijos y era el último miembro de la familia Tornamira. Él personalmente llevaba los negocios que poseía en Cuba y en España hasta que, cansado, cuando cumplió setenta años, decidió retirarse a su palacete y dejar el negocio en manos de personas de su confianza.

—Y en mala hora tomó esa decisión –dijo doña Soledad–, porque esas personas arruinaron el trabajo de más de tres siglos de la familia. En dos años, el emporio Tornamira se desplomó, y don Lope tuvo que deshacerse de la mayoría de sus negocios y propiedades para poder pagar las deudas que esos irresponsables habían acumulado.

Todos escuchábamos hipnotizados la historia. Incluso Uan estaba siguiéndola con atención.

—**Clara** –me dijo sin dejar de mirar a doña Soledad–, **it's amazing! It's like a movie.**

—Sí, como una película de misterio. Y ahora **keep quiet,** socio, que no me entero.

Don Lope se dio cuenta cuando ya nada podía hacer más que ver cómo el trabajo de su familia durante siglos se esfumaba en un suspiro. Al final, después de vender todas sus propiedades y negocios, todavía quedaban deudas. Entonces recibió una oferta por el palacete.

—No era la primera que recibía la familia –continuó doña Soledad–, pero nunca quisieron venderlo. Lo construyeron con las primeras ganancias de sus negocios y se había convertido en el símbolo del esfuerzo de los Tornamira. Pero ahora no quedaba otro remedio. Y esa decisión le costó la vida a don Lope. Firmó los papeles, liquidó las deudas y, con lo que le sobró, se fue con sus fieles criados a un pequeño piso donde vivió apenas unos meses más.

—¡Pobre hombre! –exclamó Daniel moviendo el carrito donde Quique se había quedado dormido.

—¡Qué desgracia! –añadió Carlota secándose los ojos con un pañuelo.

—Bueno, según se mire –dijo doña Soledad–. Eso le libró del disgusto de ver su querido palacete convertido en un edificio de pisos.

—**Ok** –me comentó Uan al oído–, **but what about the ghost?**

—¿Y el fantasma? —preguntamos papá y yo a la vez.

—Ya, ya llego a esa parte de la historia —dijo doña Soledad—. Antes de morir, don Lope dijo a sus criados que, aunque con él muriera el último Tornamira, su familia nunca dejaría de habitar aquel palacio. Y les entregó en una caja su reloj de bolsillo, su viejo bastón con el mango tallado en forma de cabeza de dragón, el animal que aparece en su escudo de armas, y su testamento, en el que les dejaba el piso donde vivían y les pedía que permanecieran siempre en la casa. Los fieles criados tardaron unos años en cumplir el deseo de don Lope. El tiempo en que los nuevos propietarios derribaron el palacete y construyeron esta casa en la que ahora vivimos. Entonces, vendieron su piso y compraron uno en el nuevo edificio. Y desde ese momento, se dice que no solo su bastón y su reloj están aquí, sino que el propio don Lope se pasea por la casa de vez en cuando.

—¿Y tú cómo conoces esta historia? –preguntó Daniel.

Doña Soledad sonrió. Metió la mano en su bolso y, lentamente, tiró de una cadena plateada hasta sacar un viejo reloj de bolsillo.

—Porque aquellos criados eran los bisabuelos de mi querido Serafín.

CS-123 IN THE BASEMENT

¿Cómo te pondrías tú si te enterases de que en tu casa vive un fantasma? Pues ninguno de nosotros mostró miedo. Más bien nos quedamos sorprendidos y enganchados con la historia de don Lope. Incluso sentimos cierta simpatía hacia nuestro vecino invisible.

—**Woof woof, what a story!** —ladró Uan al entrar en casa—. **It's incredible.**

—Y tan increíble, socio. Yo todavía no puedo quitarme de la cabeza ese reloj de bolsillo y ese bastón con cabeza de dragón...

—**Do you think don Lope painted the Red Fire Dragon?**

—Me parece poco probable, Uan —contesté algo distraída abriendo el armario—. No veo yo a un fantasma del siglo pasado pintando dragones por las paredes. Por otro lado, es una extraña coincidencia...

—**Good idea** —comentó Uan al verme sacar los **Secret Files**—. **Let's write our conclusions.**

Después de unos minutos recordando las intensas últimas horas, estas fueron nuestras conclusiones:

Mission
Red Fire Dragon

6. Strange noises in a stormy night. (Lamentos en la tormenta, ¿un nuevo misterio o John Silver maullando?)

7. Red Fire Dragon strikes again! (Esta vez la pintada aparece en el Pinchito's.)

8. John Silver spent the night at the vet. (Desde la clínica veterinaria no pudo hacer esos ruidos.

Y si él no ha sido...)

9. Hard to believe: we have a ghost at home! (Increíble: doña Soledad nos presenta al fantasma de don Lope. Pero ¿es él el nuevo sospechoso?)

10. Two graffiti pictures of dragons and a dragon on don Lope's walking stick. (En las paredes, en el escud de la familia de don Lope, en el bastón... ¿Demasiad dragones para ser una coincidencia?)

—Así que, después de todo –suspiré–, tenemos unos ruidos extraños, un grafitero invisible y madrugador, y un fantasma de más de cien años.

—**Clara, you seem pessimistic.**

—No es pesimismo, Uan, es que creo que la historia de doña Soledad no aclara ninguno de nuestros misterios. Puede que sea verdad que tengamos un fantasma de vecino, pero no me imagino al bueno de don Lope pegando alaridos como los de anoche y haciendo pintadas. No le pega nada. En fin, creo que lo mejor por ahora será descansar y consultar nuestras dudas con la almohada. Seguro que mañana lo veré todo menos nublado.

Pasé la tarde haciendo la careta de dragón para Uan. Lo más difícil fue recortar los dientes y que los dos agujeros a los lados del hocico coincidieran con sus ojos. Por la noche no hubo ruidos extraños y, a la mañana siguiente, al llegar a la panadería conté a la pandilla la historia de don Lope.

—¡Uauh! Una casa con fantasma –dijo Dani admirado.

—¿Y podremos verle hoy en el trastero? –preguntó Susana algo nerviosa.

—Sí, claro –contesté–. Seguro que está esperándonos para invitarnos a merendar...

El día pasó tranquilo. En el recreo hicimos la lista de cosas que esperábamos encontrar en el trastero. Al final, Clau, Mika y Khalil no quisieron venir. Ninguno lo dijo, pero yo creo que la historia del fantasma les asustó un poco.

Cuando Susana, Dani y yo llegamos a casa, los obreros estaban yéndose. Le contamos a Cosme nuestra idea y, un poco a regañadientes, nos acompañó al trastero. La puerta de entrada seguía fuera de sus goznes, apoyada en el hueco de la escalera, junto a un montón de herramientas y tres monos azules.

Nos dividimos para ir más deprisa. Dani se fue detrás de un montón de cajas que los obreros habían apilado junto a la puerta de la caldera. Estaban debajo de la única bombilla que nos iluminaba y le tapaban por completo. El tiempo se nos pasó volando mientras colocábamos todo lo que nos podía servir en mitad de la sala: telas para el puesto de Clau, dos baúles, chapas y barras metálicas para hacer escudos y lanzas, cubos viejos...

—¡Clara, chicos, terminad ya, que quiero irme a mi casa! –gritaron desde la escalera–. ¡¡¡Brrr...!!!, pero ¡qué ganas tengo de jubilarme!

Susana y yo dimos un salto y soltamos una caja llena de libros que casi me da en el pie. Desde donde estaba Dani husmeando salió un grito que se ahogó rápidamente y ruido de trastos revueltos.

—Dani, ¿estás bien? –pregunté.

Pero no hubo respuesta. Susana me cogió de la mano y dimos un par de pasos hacia las cajas. Y allí, sobre la pared proyectada, vimos una sombra que parecía flotar en el aire con la espalda cubierta por una capa y sujetando un bastón con elegancia.

CS-123 MEDIDAS DESESPERADAS

Susana me apretó con su mano como si fuera un cascanueces. Estaba tan asustada que ni siquiera gritó. Por mi espalda subía un escalofrío que me hacía temblar como un postre de gelatina. Y en la pared, aquella visión se movía hacia nosotras. Retrocedimos sin mirar dónde pisábamos hasta que tropezamos y nos caímos al suelo.

El espectro de la pared tembló ligeramente, levantó el bastón y, cuando parecía que iba a caer sobre nosotras, se vio la sombra de un dragón antes de desaparecer todo detrás de un enorme ruido de avalancha y un grito.

—¡BRRRUUMMM! ¡AAAAAAYYYYYY!

La montaña de cajas se había desplomado levantando una gran nube de polvo. Me levanté y miré a Susana, que estaba acurrucada en el suelo. Por mi cabeza pasaron dos pensamientos fugaces: ¿habrá oído Cosme todo el jaleo desde arriba? Y, lo más importante, ¿desde cuándo los fantasmas tienen sombra? Como si quisiera responder a la segunda pregunta, Dani atravesó la nube de polvo arrastrándose. En la mano derecha sujetaba un bastón con el puño tallado en forma de cabeza de dragón. ¡Y nosotras pensábamos que era un fantasma!

—Pero ¿qué es todo este jaleo? –dijo Cosme desde la puerta–. Se puede saber qué... ¡Mi madre!

Tenía razones para sorprenderse. El trastero estaba patas arriba. Habíamos conseguido algo imposible: desordenar el desorden. Mis amigos me miraron. Estábamos en mi casa, así que me tocaba hablar.

—Eh... ¿Podemos llevarnos estas cosas? —dije señalando el montón que habíamos hecho en medio de la habitación.

Cosme no respondió... con palabras. Sus ojos parecían a punto de echar fuego. Antes de que nos quemaran, nos fuimos de allí con la cabeza gacha. En el portal, ninguno de los tres teníamos ganas de comentar la aventura. Solo con las miradas cerramos un pacto de silencio. Dani no diría nada de nuestro miedo y nosotras cerraríamos el pico sobre su torpeza. Nos despedimos y Dani me entregó el bastón de don Lope antes de irse.

—**Woof!** –ladró Uan–. **I'm still shaking with fear!**

—Yo también sigo temblando de miedo. ¡Es que menudo susto nos ha dado Dani!

—**But Clara, I don't think he was trying to scare us.**

—Pues si no quería asustarnos, entonces es un torpe profesional ¿Tú has visto el estropicio que ha montado? Menos mal que, con el enfado, a Cosme no se le ha ocurrido que le ayudemos a colocar las cajas. A ver si mañana se le ha pasado un poco y podemos recuperar lo que encontramos para la fiesta.

Las cosas se fueron calmando, al menos dentro de casa. Desde la ventana, vi a Cosme irse calle arriba. El cielo estaba gris y rugoso, como un pantalón de pana. Después de cenar ya teníamos la tormenta encima. Y, con ella, llegaron de nuevo los ruidos.

—¡Otra vez esos lamentos! —me quejé, mientras hacía cosquillas a Uan con el bastón. Él pataleaba asustado—. Si no fuera un fantasma, diría que a don Lope le han pisado el pie. Tal vez está enfadado porque le hemos quitado esto...

—**I can't believe it! You're joking about the ghost!**

—Claro que me lo tomo en broma, socio –respondí, guardando el bastón en el armario–. Después de lo que ha pasado esta tarde en el trastero, no voy a asustarme por unos ruiditos en el pasillo. Además, una buena detective debe buscar una respuesta racional a los misterios.

Uan se rascó detrás de la oreja. Parecía dudar.

—**Well, if it isn't a ghost, what's making that noise? It's really annoying.**

—En eso estamos de acuerdo. Molesto es un rato. Así que, si queremos descansar esta noche, será mejor tomar medidas desesperadas.

Abrí un cajón y saqué unos tapones de espuma para los oídos y mis orejeras de las **Pinky Girls.** Uan dio un salto en la cama y se escondió tras la almohada.

—**Clara, what are you doing? I don't want to wear those awful pink earmuffs.**

A pesar de sus quejas, le coloqué las orejeras. Mientras me ponía los tapones para dejar de oírle gruñir, le dije aguantando la risa:

—Ya sé que no te gustan, socio. Piensa que podrás dormir sin problemas y que solo te voy a ver yo.

Y apagué la luz.

CS-123 SUEÑO REPARADOR

A pesar de los lamentos, la noche fue muy sosegada. En lugar de enfadarse o asustarse, parecía que los vecinos habían adoptado a don Lope como a uno más de la comunidad. Saber que podía ser una explicación a los ruidos nocturnos les resultaba extrañamente tranquilizador. Yo, sin embargo, tardé en dormirme. Estaba convencida de que ni los quejidos del trastero ni las pintadas del dragón venían del más allá. Pero ¿cómo explicarlos entonces?

Cuando finalmente me quedé frita, soñé que, para desayunar, mamá me había preparado una "ensalada de problemas": en una cazuela estaban todos los cachivaches que habíamos encontrado en el trastero. Mamá los removía con el bastón de don Lope. "Y ahora -decía sonriendo— lo aliñamos con un poco de fuego rojo y lo servimos en moldes en forma de dragón exactamente iguales..."

Me desperté con una sensación de sobresalto y, a la vez, de un peso quitado de encima, justo cuando John Silver se llevaba en la boca uno de esos dragones aliñados. Eran las seis y media, demasiado pronto incluso para levantarse a repartir los periódicos. Pensé en despertar a Uan, pero decidí quedarme buscando lo que me había transmitido esa sensación de ligereza..., y lo encontré.

—¡Pues claro! —exclamé sentándome en la cama—. Ahora cuadra todo.

Junto a todos los problemas y misterios que me rondaban por la cabeza, aquel sueño tenía la solución a nuestra **Mission Red Fire Dragon.** Solo necesitaba comprobar un detalle en el colegio. Uan se desperezó a mi lado.

—**Good morning. Were you talking to me?**

—Socio, acabo de descubrir quién está detrás de las pintadas. ¡He resuelto nuestra misión sin salir de la cama!

—**Slow down, Clara** —se quejó estirando las patas—. **I'm still half asleep.**

—Pues despiértate del todo, porque yo no puedo tranquilizarme. Tengo que contarte lo que he descubierto.

Resignado, Uan se frotó los ojos, se rascó tras las orejas y me dijo:

—**Ok. Go ahead. I'm listening.**

Le conté mi sueño. Me escuchó con atención y cuando terminé ladró:

—**Woof! So you don't believe in ghosts, but you do believe in dreams.**

—El sueño me ha dado la clave, socio, no es que me lo crea. Ahora solo me falta confirmar los hechos.

—**Facts? What facts?**

—Vamos por partes –dije intentando poner orden en la conversación–. Primero: las dos pintadas son idénticas, luego podemos pensar que nuestro pintor usa un modelo, una plantilla, ¿no?

—**Yes. And he paints early in the morning.**

—**That's it!** Tenemos, además, a un artista madrugador. ¿Y a quién conocemos tú y yo que esté por la mañana temprano en el portal?

—**Your father?**

Le miré con la boca abierta.

—No pensarás que mi padre...

—**Of course not, Clara!** –dijo riéndose–. **I'm just kidding.**

—Pues deja de bromear por un rato y atiende. Te doy otra pista: ¿a quién conocemos tú y yo que esté por la mañana temprano en el portal **y tenga plantillas para hacer dibujos exactamente iguales?**

Se quedó un rato pensativo, hasta que me vio coger de la mesa mi carpeta. Entonces lo entendió todo.

—**You mean... Well, it is possible.**

—¡Por supuesto que es posible! ¡Vamos! –dije saliendo hacia el baño–. Nuestro pintor misterioso está a punto de llegar y esta vez no vamos a dejar que ponga ninguna excusa.

CS-123

UN MISTERIO RESUELTO

Mientras desayunaba, no podía dejar de pensar en cómo usar nuestro último descubrimiento para obtener una confesión.

—Socio, tenemos que pensar cómo vamos a abordar el tema.

—**Maybe you could be the good cop and I will be the bad cop...**

—Yo de poli buena y tú de poli malo... Sí, sería una buena idea, a no ser por un pequeño detalle –dije.

—**A small detail?** –preguntó Uan pestañeando con su sonrisa más inocente.

—¿Tengo que recordarte que eres un perro de trapo?

Uan encogió los hombros y agitó la cabeza resignado, como diciendo: "Bueno, al menos lo he intentado".

—**Ok** –suspiró–. **Let's think of another plan.**

Pensamos sin éxito en otra alternativa mientras repartíamos los periódicos entre los vecinos. Finalmente, salimos a la calle confiando una vez más en nuestro instinto de detectives. Y allí estaba el sospechoso, hablando tranquilamente con mi padre.

—**Good morning,** maese artesano –dije inclinando la cabeza.

—Buenoz díaz, Lady Clada Zecretfield —me respondió Khalil con una reverencia.

—Hola, Clara. ¿Has podido dormir bien? Es que tenemos un fantasma —dijo mi padre mirando a Khalil— que tiene miedo a las tormentas.

—Un fantaz... ¿Ah, don Lope? Zí, ya noz ha contado. Pod ciedto, ¿cómo oz fue ayed en el zótano?

Antes de que mi padre metiera la pata contando lo que pasó, cogí a Khalil del brazo y, con la excusa de que llegábamos tarde, nos fuimos de allí pitando para darle mi versión de los hechos. Al llegar a la esquina, él mismo cambió de tema.

—¿Haz dezcubiedto algo zobre laz pintadaz?

"Como en las películas —pensé—. El culpable pregunta a la policía para conocer cuánto saben." No iba a desaprovechar esa oportunidad de oro.

—Pues la verdad es que sí —respondí—. Creo que sé quién puede haber sido. Y tenías razón. Tu hermano y los YFR no tienen nada que ver.

Khalil se quedó parado en la acera. Esperé unos segundos —por darle emoción— antes de continuar con tono **super professional.**

—Me he dado cuenta de que el misterioso artista actúa por las mañanas. ¿Por qué? Muy sencillo. Tanto en casa como en el Pinchito's, el grafiti aún manchaba cuando lo descubrimos.

Khalil estaba quieto y cada vez más pálido.

—Seguro que estás pensando —continué mirándole directamente a los ojos—: "Vale, es un pintor madrugador, ¿y…?". Bueno, ese detalle me permitió reducir el número de sospechosos. Aunque no descubrí al culpable hasta que me fijé en que los dibujos eran exactamente iguales, **como copiados con una plantilla...**

No hizo falta que dijera nada más. Podía haberle quitado la mochila y sacar de ella su colección de plantillas sin que se hubiese movido ni un milímetro. Y si hubiera puesto a su lado una gorra, le habrían echado monedas como a una estatua callejera. Así pasaron uno o dos minutos, hasta que se apoyó en un árbol y, sin dirigirse a nadie en concreto, empezó a hablar.

—Dezde que me puzieron los bracketz, todo me zale mal. Me quedo zin cantar, loz enanoz ze encadgan de loz decodadoz... Y encima miz amigoz no le dan impodtancia. Quedía que todo el mundo vieda que yo podía pintad mejod que loz YFR. Eztaba muy enfadado... hazta que tuvizte la idea de loz bizcochoz. Entoncez dejé de haced laz pintadaz y penzaba que no zeguidíaz invieztigando. Y ahoda... En cuanto ze enteden, zeguro que me quedo zin fiezta...

Aunque siguió quejándose durante un buen rato, yo dejé de escucharle. Una de sus frases no paraba de sonar en mi cabeza: "Y encima mis amigos no le dan importancia...". Después de no hacerle caso, iba ahora a chivarme a don Tomás, Cosme y Florencia. No puedo decir que me sintiera muy contenta por haber resuelto el caso del dragón de fuego rojo.

EL ARREPENTIMIENTO

Recogimos a Dani en el Pinchito's. Khalil volvía a tener la cara de los últimos días y se quedó unos pasos más atrás. Parecía triste y como si le diera todo igual. Dani ni se fijó en él. Me vio y empezó a preguntarme por Cosme y el trastero. Yo contestaba con monosílabos. Por suerte, al llegar a la panadería él mismo se encargó de contar todo a la pandilla mientras Susana intentaba corregir sus exageraciones. Yo tenía la cabeza liada como un ovillo de lana, e hice el resto del camino junto a Khalil en silencio. Fue un día muy largo y aburrido.

Al salir del cole me inventé una excusa para volver sola. Necesitaba pensar qué hacer. Uan, que no había abierto el hocico en todo el día, intentó animarme.

—**Clara, CS-123 did it again! Mission accomplished!**

—Sí, ya..., hemos resuelto el caso...

—**So, why do you look like a girl without birthday party?**

Sonreí con esfuerzo. Debía parecer realmente triste para que Uan me viera pinta de niña sin cumpleaños.

—Es que todavía me cuesta creer que Khalil sea el culpable.

—**I have no doubt about it** –comentó muy serio–. **It's clear as day.**

—Ya, si no es que dude. Me refiero a que no me explico por qué lo ha hecho. Bueno, sí me lo explico y no me gusta nada.

Uan sacudió la cabeza con cara de haberse perdido en un laberinto.

—**I don't quite follow you** –suspiró resignado.

—Déjame explicarte –dije–. Cuando Khalil nos ha confesado que él era el pintor misterioso, me he alegrado y, al mismo tiempo, me he enfadado un montón con él. Es amigo mío y no entendía por qué lo había hecho. Hasta que me he dado cuenta de que la pandilla ha tenido algo que ver.

Uan alzó las orejas y me preguntó asombrado:

—**Do you mean he has an accomplice?**

—No, no tiene ningún cómplice. Más bien todo lo contrario. Fíjate: por culpa de los *brackets* se queda sin *rapear* en la fiesta, el chasco de los decorados... Lo estaba pasando bastante mal y ninguno nos dimos cuenta. Con las pintadas, el fantasma y los líos del cole, nos hemos olvidado de él hasta que se me ocurrió lo de los bizcochos de Mika. ¡Y eso porque es bueno dibujando! Creo que necesitaba que le hubiésemos hecho un poco de caso antes. Así que, socio, ahora no me apetece nada descubrirle y que se lleve una buena reprimenda.

Después de mi **speech,** seguimos caminando en silencio un buen rato. El cielo volvía a estar gris, como mis pensamientos, y el aire traía el olor húmedo de la tormenta pasada. Me abroché el impermeable. Uan se estremeció a mi espalda.

—**Woof! We've got a dilemma** –dijo cuando nos acercábamos a casa.

—Cierto. Por un lado, deberíamos hablar con Cosme y con los vecinos. Y con don Tomás en el cole y con Florencia.

—**But, on the other hand...**

—Por otro lado –continué–, hacer eso destrozaría a Khalil. Estamos en un buen lío, Uan. Nuestra primera misión de encargo, y no podemos resolverla sin fastidiar a un amigo.

Como detective secreta estaba preparada para resolver desapariciones, desenmascarar a ladrones... Y a veces había soñado con que algún amigo pudiera participar de mis aventuras con **CS-123.** Pero nunca pensé que eso iba a significar que fuese el sospechoso principal de una de nuestras misiones.

No, no podía traicionar a Khalil. Era más importante apoyar a un amigo que colgarnos una medalla como detectives de éxito. Así se lo dije a Uan. Un poco a regañadientes, acabó por darme la razón, aunque todavía insistió un poco.

—**I think we have to talk to your friends** –sentenció después de un largo silencio.

—De acuerdo, socio. Hablaremos con la pandilla ahora mismo.

Subimos a casa y nos sentamos en el ordenador. Susana, Dani y Mika estaban conectados y pude contarles mi descubrimiento y mi preocupación. Al principio no se lo podían creer. Eso sí, todos estuvimos de acuerdo en ayudar a Khalil. Después de mucho pensar, encontramos una solución que nos permitía resolver el caso y, al mismo tiempo, no dejar a Khalil solo ante el peligro: iríamos juntos a hablar con don Tomás, Cosme y Florencia, nos ofreceríamos a limpiar las pintadas y le pediríamos al dire que no le castigara sin fiesta.

UN FANTASMA ASUSTADO

Me sentía agotada. Como si fuera una de las nubes plomizas que cubrían el cielo, acababa de descargar todas las emociones del día y no me quedaba energía. Que la pandilla estuviera de acuerdo conmigo en ayudar a Khalil me había quitado un gran peso de encima. En el cielo, las nubes parecían pintadas con un lapicero. Su color gris anunciaba una noche tormentosa como la anterior, de perros y gatos peleados.

Llegué a casa. Cosme estaba despidiendo a los obreros, que acababan de colocar la puerta del trastero en su sitio. Pronto finalizarían las obras. Al día siguiente era la fiesta del cole, así que terminé de pintar la careta de Uan y me fui al salón para decir a mamá que no tenía ni fuerzas para masticar. No se quedó tranquila hasta que me puso el termómetro y vio que no tenía fiebre. Entonces me acompañó a la cama.

—Voy a prepararte un vaso de leche calentita –dijo mientras me arropaba–. Creo que esto de madrugar tanto para repartir los periódicos no te sienta nada bien.

Me quedé frita antes de que volviera mi madre con la leche. Dormí profundamente hasta que el primer trueno de la tormenta me hizo saltar en la cama.

—**Oh, my god!** –exclamó Uan–. **It sounds like the end of the world.**

No era el fin del mundo, pero realmente lo parecía. Miré el reloj. Las once y media. Llevaba tres horas dormida y aún tenía la misma sensación de agotamiento. Así que me di la vuelta pensando que un par de truenos no me iban a quitar el sueño.

Lo que sonó a continuación no fue precisamente un trueno. Y me borró el cansancio automáticamente. Aunque ya empezábamos a acostumbrarnos, aquel lamento lastimero todavía ponía un poco los pelos de punta.

—**Oh, no!** –se quejó Uan–. **It's Lope screaming again...**

—Socio, ya te he dicho que yo no creo que sea un fantasma. A mí me sigue sonando a John Silver quejándose...

Volvimos a oírlo y, detrás, la voz de mi padre.

—**¡¡¡Brrr...!!!** Ya estoy harto. Por la mañana las obras y por la noche estos gritos. Ahora mismo bajo a ver qué pasa en el sótano.

—Pero, Bruno, ¿y si es el fantasma…? –preguntó mi madre mientras se ponía la bata.

—¿Tú has oído alguna historia de un fantasma llorón y quejica?

—No, pero... Da igual. No quiero que bajes solo. Voy contigo.

Y salieron de casa. Oímos la puerta cerrarse. Uan bostezó y se acomodó sobre la almohada.

—¿Piensas quedarte aquí tan tranquilo mientras se organiza la caza del fantasma en el portal?

—**Of course, Clara. It's none of our business.**

—¿Cómo que no es asunto nuestro? ¿No será que tienes miedo?

No le dejé contestar. Lo agarré de una pata y lo metí en la mochila mientras salía por la puerta de casa. Bajé despacio por las escaleras, y me paré unos peldaños antes de llegar al portal. Allí estaban mis padres, doña Soledad, Daniel y Marce con John Silver en el regazo, que tenía mejor cara que días atrás. Se abrió el ascensor y apareció Carlota. Algunos llevaban bata; otros, como Marce, habían bajado solo con el pijama.

—El pobre Trilo se ha dado un susto de muerte –dijo Carlota antes de salir–. Este fantasma ya se está pasando un poco.

—Eso creo yo –continuó Daniel–. Quique lleva tres noches durmiendo fatal.

—Sí –corroboró Marce–. El pobre John Silver también está muy nervioso. Y no creo que sea solo por la operación...

—... AAAUUUU –volvió a oírse y, justo después, **¡CRÁÁÁS!** un potente trueno. Carlota cerró la puerta del ascensor de un portazo, Daniel dio un salto hacia atrás, mis padres se cogieron de la mano, y doña Soledad se abrazó a Marce, haciendo que John Silver saltara de sus brazos.

—**Look!** –me dijo Uan–. **The cat is going down the stairs!**

Todos nos quedamos paralizados mientras John Silver bajaba las escaleras. Por mi cabeza pasó volando como la escoba de una bruja una pregunta: ¿comerán gatos los fantasmas? No quise contestarme. Marce intentó bajar detrás de él, pero, en ese momento, sonó otro grito lastimero y doña Soledad le agarró más fuerte.

—No, Marce –dijo asustada–. El fantasma...

A partir de ahí todo fue muy deprisa. Un lamento más y luego un sonido similar que sonaba a reproche. Después, silencio, algo parecido a un diálogo de maullidos, ronroneos y gritos.

SE ACLARA EL MISTERIO

CS-123

Tardamos un rato aún en reaccionar. El primero en hacerlo fue Marce. Llenándose de valor se metió en la caldera para rescatar a su gato de las garras del fantasma mientras doña Sole le miraba como si fuera al matadero. Los demás estábamos tan paralizados que ni siquiera oímos a Tina y el Chati entrar en el portal.

—Vaya –comentó el Chati–. ¿Hay una fiesta y no nos habéis invitado?

Nadie se dio por aludido.

—¿No me digáis que por fin voy a conocer a vuestro fantasma? –siguió preguntando el Chati y, con Tina de la mano, se unió a los demás, que seguíamos mirando hacia las escaleras del sótano.

De abajo continuaban llegando ruidos. Pasados unos minutos, Marce apareció sonriendo y con las manos en los bolsillos del pijama. Mirando a Tina y al Chati, que tenían cara de no entender nada, exclamó riéndose:

—A falta de ratones, al viejo John Silver se le da bien cazar fantasmas. Se acabó el misterio. La causa de estos ruidos se llama Perla y es una gata amiga de John Silver, que se ha colado en nuestra casa huyendo de la tormenta. Y al parecer no solo le echaba de menos. También tenía "algo que hacer" en el sótano.

Mientras decía esto, sacó la mano del bolsillo y la extendió para que todos pudiéramos ver una diminuta pelusa con patas y los ojos apenas abiertos.

—Hay seis más ahí abajo –continuó Marce–. Debieron de nacer ayer por la noche. Estaban escondidos detrás de la caldera nueva.

Todos nos precipitamos a las escaleras. Llegamos al sótano y allí, en el rincón más recóndito del cuarto de calderas recién reformado, encontramos a seis preciosos gatitos, acurrucados y temerosos alrededor de su madre. John Silver estaba a su lado vigilante, como un caballero protegiendo a su dama.

—Pero ¿por dónde ha entrado hasta el sótano? –preguntó papá.

—Bueno –intervino el Chati–. Tina y yo veníamos hablando de lo peligroso que es el agujero que han hecho en la acera para la ventilación de la caldera. Aunque no pensábamos precisamente en esta situación. Probablemente, entrara por allí.

—Eso tiene sentido –le apoyó doña Soledad–. Debió de venir hace un par de días buscando un sitio donde parir.

—Y como el trastero estaba sin puerta por las obras –añadió Marce–, saldría por la mañana, cruzando el portal como si tal cosa.

—Anoche volvió para tener su camada en un lugar seguro y calentito –continuó doña Soledad asintiendo con la cabeza– y oímos sus gritos mientras paría. Se ha pasado el día entero cuidando a sus crías. Y esta noche, cuando ha querido salir a estirar las patas, no ha podido porque ya habían colocado la puerta. Y la trampilla de ventilación está demasiado alta para llegar de un salto. Por eso maullaba tan desesperada.

—Entonces... don Lope... –balbuceó Carlota. Estaba a punto de llorar.

—Mujer –la consoló mi madre–, mejor que haya sido un gato y no un fantasma, ¿no crees?

—Además —dijo doña Soledad—, esto solo explica los ruidos de las últimas noches, pero no demuestra que nuestro fantasma no exista...

Esas palabras parecieron convencerla. De pronto, la reunión se disolvió. Fue como si todo el mundo se diera cuenta de que había bajado al portal en pijama y se muriera de vergüenza. Unos por las escaleras y otros por el ascensor, todos volvimos a casa. Entré en la habitación totalmente espabilada y estuve charlando un rato con Uan hasta que se me escaparon dos bostezos seguidos.

—**Yawnnn!** —bostezó Uan también—. **I bet I'll dream of cats and ghosts tonight.**

—Pues yo creo que en lugar de con fantasmas y gatos, voy a soñar con mercados y justas medievales. ¡Mañana es el día de la fiesta!

—**Cats, ghosts, markets... whatever. It's time to go to sleep** —dijo cerrando los ojos—. **Good night, Clara.**

—Buenas noches, socio.

A la mañana siguiente, los obreros taparon con una rejilla el agujero de ventilación de la caldera para evitar nuevas visitas. La pandilla escuchó con atención mi relato de la aventura de gatos y fantasmas, pero no le dedicamos mucho tiempo. Teníamos que resolver otros problemas más reales. Contamos a Khalil nuestra decisión y fuimos a ver a don Tomás.

—**Are you telling me that** un alumno del Constantino el Grande se ha dedicado a hacer **graffitis all over the city?**

—Tanto como por toda la ciudad... —dijo Dani—. Solo ha sido en un par de sitios.

—**And, can you tell me** por qué venís todos a contármelo?

—Es que queremos ayudarle a limpiarlas –intervino Clau–. Es nuestro amigo...

—Y queréis pedirme que no le castigue **without the festival, is that right?**

Todos asentimos con la cabeza. El dire se quedó callado. Nosotros mirábamos nerviosos a todas partes.

—**Well** –habló por fin–. Si ese es vuestro deseo, Khalil irá a la fiesta... **But all of you** tendréis que quedaros después para **clean up the playground.**

Susana Fideofino fue a decir algo. Yo intenté lanzarle una mirada maternal de esas que dicen "**ni lo pienses**"..., pero como no soy madre, no funcionó. Mika, que estaba a su lado, optó por una medida más contundente: le dio un pisotón. Cuando salimos del despacho, aún cojeaba.

CS-123

UN DULCE FIN DE FIESTA

El cole estaba revolucionado. La madre de Clau apareció después del recreo con un montón de mallas, **bodies** y leotardos de la tienda. Nos ayudó a coser los petos de papel que habíamos hecho, y a terminar de decorar las botas y las mangas con papel aluminio para que parecieran armaduras. Nuestro cuadro para el concurso de disfraces se iba a llamar *Los cazadragones* –**The Dragon Hunters**, según don Tomás–. Khalil propuso que en los escudos llevásemos el grafiti del **Red Fire Dragon** y a todos nos pareció una gran idea.

—Genial –dije yo–. Así se parecerá al escudo familiar de don Lope.

Mientras los pintaba en el patio, Haytam y los YFR se acercaron.

—Oye, hermanito, a lo mejor tus amigos quieren hacernos un favor.

Habían visto nuestro cuadro. Dani iba de caballero, Susana y yo de princesas guerreras y a nuestro dragón –con Uan escondido en su cabeza– solo le faltaba echar humo por la nariz.

—Habíamos pensado que podríais salir con nosotros al escenario y, mientras cantamos la leyenda de san Jorge, vosotros la representéis. Tú y Susana seríais el rey y la reina –dijo Haytam poniéndoles sendas coronas de cartón–; Mika y Clau dos campesinos; Dani, san Jorge, y Clara podría hacer de princesa. ¿Qué os parece?

80

Khalil no se lo podía creer. ¡Íbamos a actuar con los YFR sin necesidad de cantar! Solo había que perfilar un detalle: yo no quería ser la típica princesa. Puse mis condiciones: yo ayudaría a san Jorge a vencer al dragón. Los YFR aceptaron e incorporaron nuestro cambio al **rap.**

Antes de la comida, mamá trajo en el coche lo que, finalmente, pudimos recuperar del trastero: dos baúles y un saquito lleno de vieja bisutería de cristal, ideal para el mercado. El padre de Dani apareció con un maletín espectacular de maquillaje, y el de Susana vino con un fotógrafo del periódico en el que trabaja que estuvo haciendo fotos de todos los preparativos y de la fiesta.

Nuestra actuación con el **super rap** de san Jorge de los YFR fue todo un éxito, pero lo mejor fue la ciudad que hicieron Mika y Khalil. Había quedado **SPEC—TA—CU—LAR.** Sobre una montaña de bizcocho se levantaba un castillo de chocolate con soldados de galleta en sus almenas. Y, debajo, las casas. Los carteles de las tiendas eran de caramelo; había caballos de gominola arrastrando carros de pan dulce, figuras de chocolate y azúcar paseando por las calles pavimentadas con obleas... En la pared habían expuesto todos los dibujos de Khalil. El padre de Mika estaba a su lado orgulloso, explicando cómo habían hecho cada cosa y regalando trozos de un enorme bizcocho en forma de dragón que también habían traído. Gustó tanto la ciudad que nadie se atrevió a coger ni siquiera un perrito de galleta. A cambio, la gente decidió llevarse los dibujos de Khalil, que se pasó todo el mercadillo firmándolos. Y cuando se acabaron, se puso a pintar dragones con la plantilla del **Red Fire Dragon.** Incluso Florencia compró uno para ponerlo en el Pinchito's.

Al terminar la fiesta, solo quedábamos los YFR guardando su equipo de sonido, la pandilla con nuestros padres y algún profesor que se ofreció voluntario para la limpieza.

Al ir a recoger la ciudad de bizcocho y chocolate, don Tomás dijo:

—No podemos guardarla **forever**. Y sería una pena tirarla...

Todos entendimos el mensaje y, contentos y agotados, tuvimos un **sweet end to the party**, mientras volvíamos a cantar el **rap** de san Jorge y el dragón.

EL RAP DE SAN JORGE Y EL DRAGÓN

Hace mil cien años los trovadores
contaban historias de tiempos mejores.

Alrededor de ellos, en los castillos,
hombres y mujeres montaban corrillos

para escuchar atentos noticias e historias
de héroes del momento y de viejas glorias.

Una de las leyendas que más llegó a sonar
es la que en este rap te queremos contar.

Dragón, princesa y santo tiene como ingredientes,
lo que es garantía de gustar a mucha gente.

Cuentan los trovadores que en un lugar del mundo
cerca de un lago enorme, un dragón errabundo

un día de verano montó su campamento.
Los pueblos que hasta entonces vivían contentos

tuvieron sin remedio que ponerse a alimentar
a aquella bestia parda que engullía sin parar.

Le daban de comer cada día un par de ovejas
intentando siempre que fueran las más viejas.

Calmaba así el dragón su hambre y su ego
y no arrasaba entonces los pueblos con su fuego.

En unos pocos meses las ovejas se acabaron,
todos en esa tierra preocupados pensaron

en entregar al monstruo cada día una persona
elegida al azar entre las de la zona.

Clero, nobles, villanos, guapas y feos,
todos sin excepción se presentaban al sorteo.

Un día le tocó a la hija del rey,
que también a ella se aplicaba esa ley,

y el monarca tuvo, muy a su pesar,
que entregarla al dragón a la hora de cenar.

La princesa valiente cogió una espada,
pues pretendía luchar antes de ser devorada.

Y cuando el bicharraco se estaba preparando,
un caballero blanco llegó cabalgando.

Llevaba una lanza, escudo, armadura,
y una espada afilada ceñida a su cintura.

Su nombre era Jorge, un caballero santo,
con mucha experiencia y curado de espanto.

Con dos mandobles fuertes y certeros,
mataron al dragón princesa y caballero.

El rey, agradecido, y por seguir la tradición,
entregó su hija a su libertador.

También le ofreció joyas y mucho dinero,
pero nada de eso aceptó el caballero.

"No puedes ser mi esposa, hermosa princesa,
porque antes de venir, hice una promesa

de ir con mi caballo de batalla en batalla,
dispuesto a luchar contra cualquier canalla."

San Jorge, por tanto, siguió su camino,
montado en su caballo, buscando su destino.

Y como a la princesa no podía hacer su esposa,
le dio como recuerdo una roja rosa,

que había nacido de la sangre del dragón
cuando con la espada atravesó su corazón.
Así acaba la historia, gracias por tu atención.
Los raperos se despiden hasta otra ocasión.